AF403730

Ye

2271

LA TOUR, PRENDS GARDE

Jeu ou Scène chantée.

PERSONNAGES :

LE DUC DE BOURBON.

LE FILS DU DUC. | LE CAPITAINE.
LE COLONEL. | GARDES DU DUC.

Nos lecteurs se rendront compte que nous n'avons dans les paroles rien changé au texte et à l'orthographe ultra-primitive de cette chanson populaire.

Deux jeunes filles figurent la Tour en se tenant par la main. — Le Duc est assis entouré de ses
gardes, avec son fils debout près de lui. Le colonel et le capitaine se promènent devant la Tour
en chantant.

LES DEUX.	LA TOUR.
La Tour, prends garde (*bis*) De te laisser abattre.	Nous n'avons garde (*bis*) De nous laisser abattre.

<table>
<tr><td align="center">LE COLONEL.</td><td></td><td align="center">LA TOUR.</td></tr>
<tr><td align="center">J'irai me plaindre (bis)
Au Ducque de Bourbon.</td><td></td><td align="center">Va t'en te plaindre (bis)
Au Ducque de Bourbon.</td></tr>
</table>

Le colonel et le capitaine mettant un genou en terre devant le Duc :

LES DEUX.

Mon Duc, mon Prince, (*bis*)
Je viens me plaindre à vous.

LE DUC.

Mon Capitaine, mon Colonelle,
Que me demandez-vous ?

LES DEUX.

Un de vos Gardes (*bis*)
Pour abattre la Tour.

LE DUC, *à un de ses Gardes.*

Allez, mon Garde, (*bis*)
Pour abattre la Tour.

Le garde se met à la suite des deux officiers et tous trois marchent autour de la Tour en chantant :

<table>
<tr><td>LES TROIS.</td><td></td><td>LA TOUR.</td></tr>
<tr><td>La Tour, prends garde (bis)
De te laisser abattre.</td><td></td><td>Nous n'avons garde (bis)
De nous laisser abattre.</td></tr>
</table>

Les officiers et le garde revenant au Duc en chantant :

Mon Duc, mon Prince, (*bis*)
Je viens à vos genoux.

LE DUC.

Mon Capitaine, mon Colonelle,
Que me demandez-vous ?

LES TROIS.

Deux de vos Gardes, etc.

LE DUC.

Allez, mes Gardes, (*bis*)
Pour abattre la Tour.

Le même jeu recommence, en demandant trois, quatre, cinq gardes, suivant le nombre qu'il y en a. — Quand on demandera quatre gardes, il faudra dire au lieu de *Quatre de vos Gardes :* *Ces quatre Gardes;* et quand on sera aux derniers, on dira : *Vos derniers Gardes.* — Le Duc n'ayant plus de gardes à donner, on revient à lui.

LES OFFICIERS ET LES GARDES.	LE DUC.
Mon Duc, mon Prince, etc.	Mon Capitaine, mon Colonelle, etc.

LES OFFICIERS ET LES GARDES.	LE DUC.
Votre cher Fisse (*bis*)	Allez, mon Fisse, (*bis*)
Pour abattre la Tour.	Pour abattre la Tour.

La Tour refusant toujours de se rendre, la troupe revient encore auprès du Duc.

<table>
<tr><td>TOUS.</td><td>LE DUC.</td></tr>
<tr><td>Votre présence (*bis*)</td><td>Je vais moi-même (*bis*)</td></tr>
<tr><td>Pour abattre la Tour.</td><td>Pour abattre la Tour.</td></tr>
</table>

Le Duc se met à la tête de ses gardes et marche contre la Tour. Il cherche à y pénétrer en forçant les deux jeunes filles qui la représentent à séparer leurs bras. S'il n'y parvient pas, chacune des joueuses essaie à son tour, et celle qui réussit est proclamée Duc à la place de l'autre.

FIN

Typographie de G. Fischbach à Strasbourg

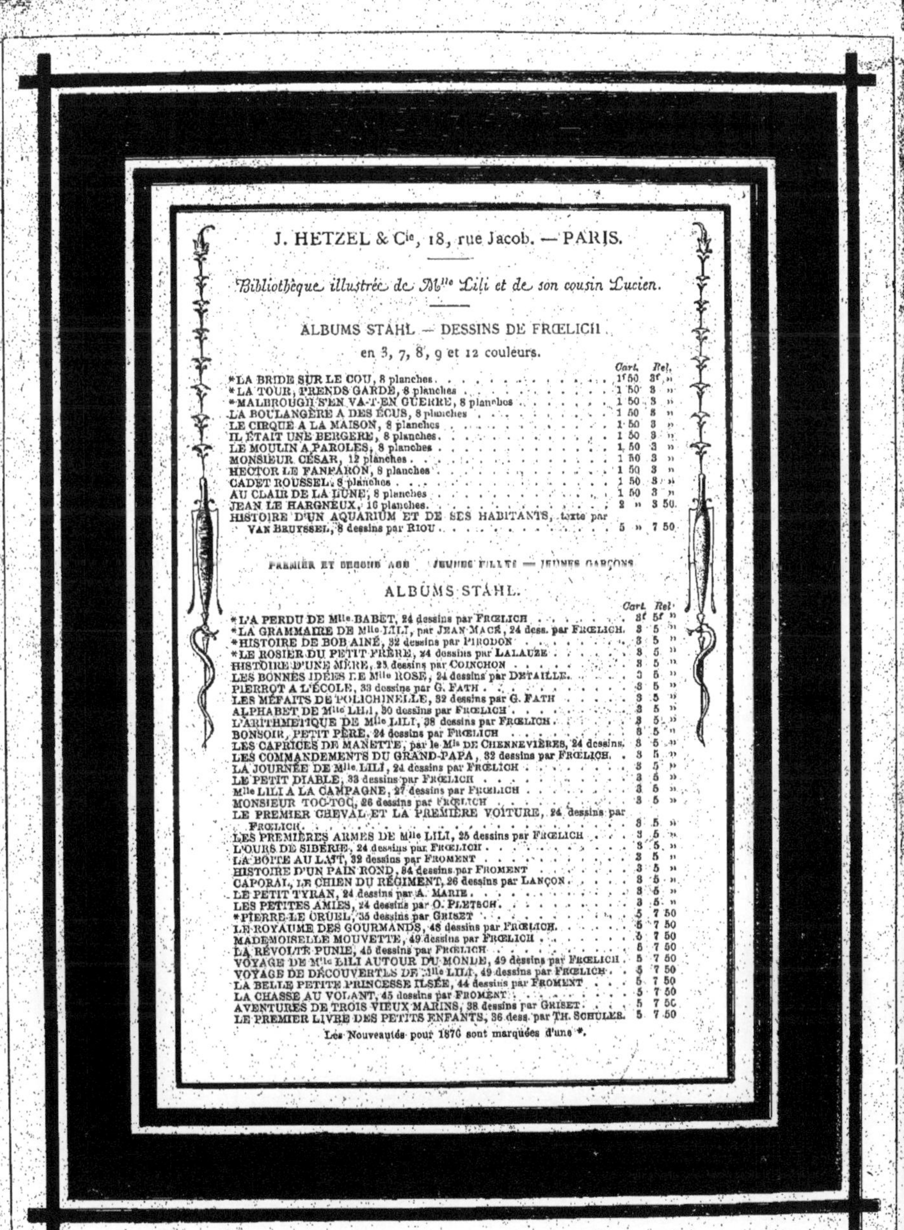

J. HETZEL & Cⁱᵉ, 18, rue Jacob. — PARIS.

Bibliothèque illustrée de Mˡˡᵉ Lili et de son cousin Lucien.

ALBUMS STAHL — DESSINS DE FRŒLICH

en 3, 7, 8, 9 et 12 couleurs.

	Cart.	Rel.
*LA BRIDE SUR LE COU, 8 planches	1ᶠ 50	3ᶠ »
*LA TOUR, PRENDS GARDE, 8 planches	1 50	3 »
*MALBROUGH S'EN VA-T-EN GUERRE, 8 planches	1 50	3 »
LA BOULANGÈRE A DES ÉCUS, 8 planches	1 50	3 »
LE CIRQUE A LA MAISON, 8 planches	1 50	3 »
IL ÉTAIT UNE BERGÈRE, 8 planches	1 50	3 »
LE MOULIN A PAROLES, 8 planches	1 50	3 »
MONSIEUR CÉSAR, 12 planches	1 50	3 »
HECTOR LE FANFARON, 8 planches	1 50	3 »
CADET ROUSSEL, 8 planches	1 50	3 »
AU CLAIR DE LA LUNE, 8 planches	1 50	3 »
JEAN LE HARGNEUX, 16 planches	2 »	3 50
HISTOIRE D'UN AQUARIUM ET DE SES HABITANTS, texte par VAN BRUYSSEL, 8 dessins par RIOU	5 »	7 50

PREMIER ET SECOND AGE — JEUNES FILLES — JEUNES GARÇONS

ALBUMS STAHL.

	Cart.	Rel.
*L'A PERDU DE Mˡˡᵉ BABET, 24 dessins par FRŒLICH	3ᶠ	5ᶠ »
*LA GRAMMAIRE DE Mˡˡᵉ LILI, par JEAN MACÉ, 24 dess. par FRŒLICH	3	5 »
*HISTOIRE DE BOB AINÉ, 32 dessins par PIRODON	3	5 »
*LE ROSIER DU PETIT FRÈRE, 24 dessins par LALAUZE	3	5 »
HISTOIRE D'UNE MÈRE, 25 dessins par COINCHON	3	5 »
LES BONNES IDÉES DE Mˡˡᵉ ROSE, 24 dessins par DETAILLE	3	5 »
PIERROT A L'ÉCOLE, 33 dessins par G. FATH	3	5 »
LES MÉFAITS DE POLICHINELLE, 32 dessins par G. FATH	3	5 »
ALPHABET DE Mˡˡᵉ LILI, 30 dessins par FRŒLICH	3	5 »
L'ARITHMÉTIQUE DE Mˡˡᵉ LILI, 38 dessins par FRŒLICH	3	5 »
BONSOIR, PETIT PÈRE, 24 dessins par FRŒLICH	3	5 »
LES CAPRICES DE MANETTE, par le Mⁱˢ DE CHENNEVIÈRES, 24 dessins	3	5 »
LES COMMANDEMENTS DU GRAND-PAPA, 32 dessins par FRŒLICH	3	5 »
LA JOURNÉE DE Mˡˡᵉ LILI, 24 dessins par FRŒLICH	3	5 »
LE PETIT DIABLE, 33 dessins par FRŒLICH	3	5 »
Mˡˡᵉ LILI A LA CAMPAGNE, 27 dessins par FRŒLICH	3	5 »
MONSIEUR TOC-TOC, 26 dessins par FRŒLICH	3	5 »
LE PREMIER CHEVAL ET LA PREMIÈRE VOITURE, 24 dessins par FRŒLICH	3	5 »
LES PREMIÈRES ARMES DE Mˡˡᵉ LILI, 25 dessins par FRŒLICH	3	5 »
L'OURS DE SIBÉRIE, 24 dessins par FRŒLICH	3	5 »
LA BOÎTE AU LAIT, 32 dessins par FROMENT	3	5 »
HISTOIRE D'UN PAIN ROND, 34 dessins par FROMENT	3	5 »
CAPORAL, LE CHIEN DU RÉGIMENT, 26 dessins par LANÇON	3	5 »
LE PETIT TYRAN, 24 dessins par A. MARIE	3	5 »
LES PETITES AMIES, 24 dessins par O. PLETSCH	3	5 »
*PIERRE LE CRUEL, 35 dessins par GRISET	5	7 50
LE ROYAUME DES GOURMANDS, 48 dessins par FRŒLICH	5	7 50
MADEMOISELLE MOUVETTE, 49 dessins par FRŒLICH	5	7 50
LA RÉVOLTE PUNIE, 45 dessins par FRŒLICH	5	7 50
VOYAGE DE Mˡˡᵉ LILI AUTOUR DU MONDE, 49 dessins par FRŒLICH	5	7 50
VOYAGE DE DÉCOUVERTES DE Mˡˡᵉ LILI, 49 dessins par FRŒLICH	5	7 50
LA BELLE PETITE PRINCESSE ILSÉE, 44 dessins par FROMENT	5	7 50
LA CHASSE AU VOLANT, 45 dessins par FROMENT	5	7 50
AVENTURES DE TROIS VIEUX MARINS, 38 dessins par GRISET	5	7 50
LE PREMIER LIVRE DES PETITS ENFANTS, 36 dess. par TH. SCHULER	5	7 50

Les Nouveautés pour 1876 sont marquées d'une *.

STRASBOURG, TYPOGRAPHIE DE G. FISCHBACH, SUCC^r DE G. SILBERMANN. — 1130.